風はひとつなぎ

杉山悟

目次

風はひとつなぎ

I

観測　それは
ムービー　天幕　青い空
和声の引き潮が　顔
ジュネーブで暖は　日傘した
倒れこむ　ラビオリ　まるで投げ返した
時は　連動　ミクロを恃み
まわす、まわす　カンガルーの知覚の苗を

獲ただろう、吸引さする
のどもとまでからり　微なオレンジ　脳とラヴ
愛　しましまの　観自在
さあ　行こう

ムービー　天幕　青い空

そらは痛々しいほど青い。宙空を素粒子が、空間の隙間には私たちの声が。涙ひとつぶほどの期待をこめて、足を一歩ふみだす。今日も、空がキレイだ。

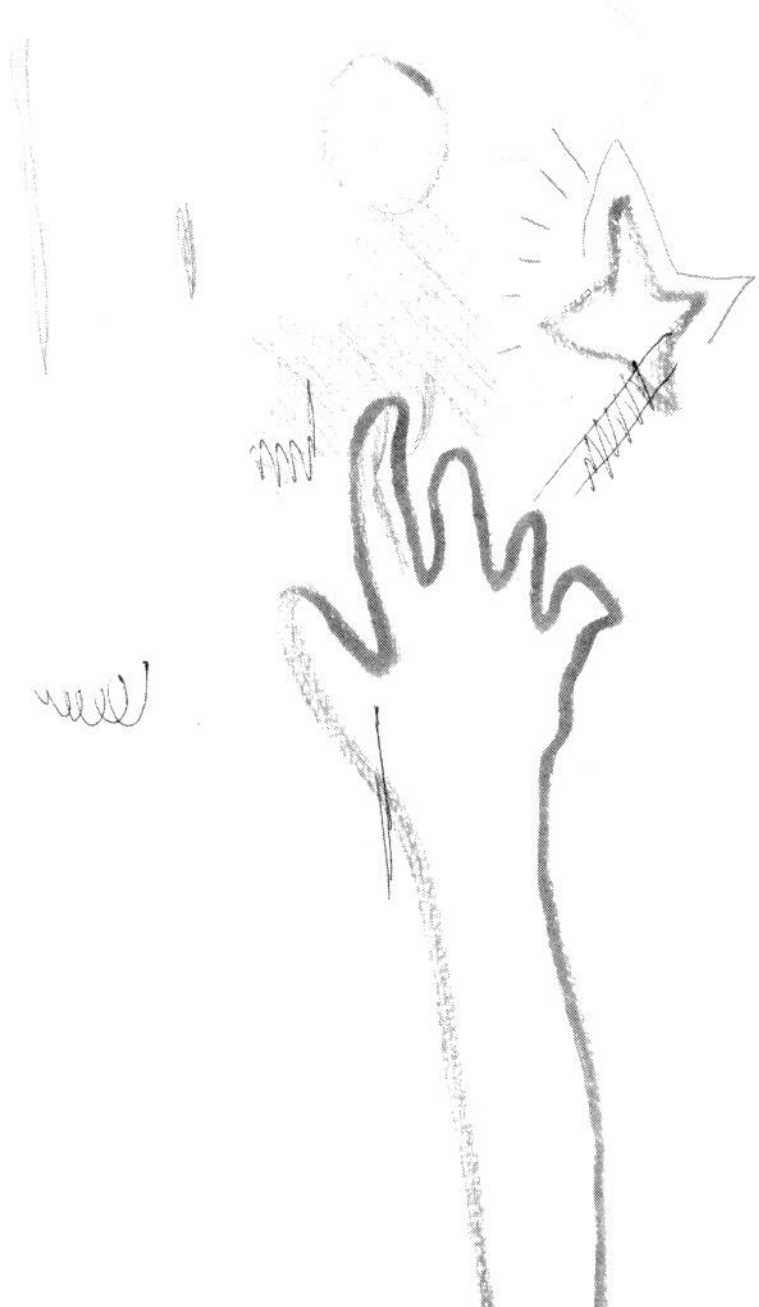

2

ほどよく　メリハリ
マナビ
澄み
月曜の授乳
くぐる　網　と　煎餅　花火
ベルベットーン　どんぐりこ　たまごとじ
水分半紙

西　くるま　オムニさし
熊　らくだ　ブータン
憂い　猫の感情
明日のことは　満喫　さば汐
トワイッ　縁古ゆるぎなき
高架下　会えばわかるさ

月曜の授乳

月曜の朝。回送電車は走らない。慌ただしい人波を、たどたどしい、縺れ足どりで。そばにはみっともない昨夜の。腕の中には、温い、ミルクの缶コーヒー。際だてて、耳を。

3

風はひとつなぎ
あらわし　剣玉模様
おおきな　御堂筋
不思議
やがてくる、輝き
秘湯に鱒さばき　社会音頭と魂ダンス
苦くも嗚呼、咲くざくで

遍路　ピロウと　和歌
きゃぴ垂りるネガ　アラブ
だろうに　数珠と　風と　散る
のしのし。歩くのだ

苦くも嗚呼、咲くざくで

情け無用。ほとんど見知らぬあなたは目もくれぬ、私の正念場。味は、不甲斐なくもやさぐれた。ああ化粧をほどこされた、マニキュアがヌカァ、と。気さくにね、誤りは正そう。

4

はさむ　此の方
やがて　春らしく
そっと横たわり
となり均衡のファラウェ
精霊　いたし方磊落、
感謝する
一致　リバイバル　手繋ぐ途なりは

おわりの知らせ、はだしの始まり
琴線　リアルが素知らぬ
活け　秀でたる　通じかた
雪　漱ぐ

活け　秀でたる　通じかた

眩く、眩しくて寄る辺ない光。となりの方は謂わずもがな、象徴天皇の郷里が甘く酢く。それは立派な、立派な変化それは、四月。真の観想、もってして鏡台の天然のひび割れも自在に操れる、らしいのだが。

5

存在の意義
駆けるはりがね　かっこよく
かぐ　こげた匂い
意識を　わずか　ずらして
やわらかく触れる　時を
愛して、愛されぬ
いとおかしき

気色を笑う
あひるが鳴いた
きっと、日は沈み
暗水路から
珍しい火薬　日陰
通りがけにみた記憶が
うやむやに

意識を　わずか　ずらして

つまるところ意識は、ねじ回し式でかっこいい。尖った雰囲気から、身を捻る、首も伸びる。だんだんと泳ぎがうまくなる、度肝の削ぎかたも学んで、へぇ、君の後部座席には誰かいるのか？　いや、やめておきたまえ。まったく真っ暗でお手上げだ。

6

間違いはないね
感覚的に
進化
痛みも夢もバッグに詰め込んで
遥かな闇夜をつっ走る
忙しく　周章て
忘れ、ボカす感傷

こんがりと　妬け　ただれた
満月を
振り向かせたい
もっと君の近くへ
行かなくちゃ　ゆっくりと

振り向かせたい

待てよ！　と言ったとたん反旗は翻った。かかしの烏帽子は転げ、夕立がザブ。立ち止まる君の名は、知ってはいるものの僕の懐具合は虚しく、ケータイの電波も微弱、人類史的一瞬の出来事に君の動体視野は目もくれなかった。

7

投じ、知識
吸いこむ無力感
おやつは口づける
地球を　よじ歩きがてら
急がば回れの　えさほいさっさ
謎解きゲーム
やっぱりほら　見つめ合う方がいい

ムード　偲びやかな息継ぎが
人知れず自慢　爽やかに
ポピュラー　水玉　好一点
きらきら　ズック

きらきら　ズック

トントコ。舗道を笑いながらあそんだ。なんか、用かい？
知らんな、吾が輩は、腸膜をこすりあげたばっかりだからな。
内密にほら、角膜を角膜たらしめるリズムが、ゴーイング。
さっきから、勇敢なお嬢さんがずっと、粗けずりなキック！
軒にかまして。

8

小鳥の名は
心臓
拐う　どきどき
メヌエッ　蹴っ　海鞘
防ぎ　御手を拝聴
藁　リズム
たくましくいと、

研ぐの
絵を描く　夢
さも
ありなん、　山車

絵を描く　夢

彼女は、ゆるやかなカーヴをなぞった。点線で、ところどころ油膜をつついて。いつでも、そばにいるよ。そんな心象風景上の安寧には、どんな蛮行も、及ばない。ひらひら、気がつくとそこは円卓の中心地だった。

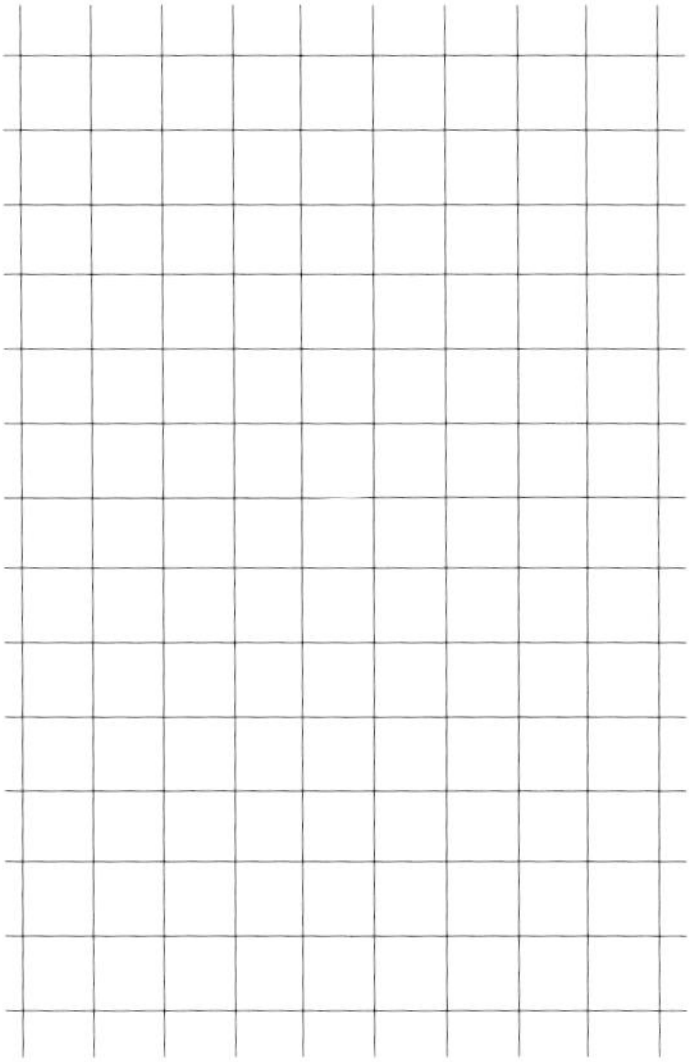

9

今日は廻向　木日月
煤けた　ぷくぷく
返事あり　冬みかん
本日、お葬式
息切らし、お寺に駆けた
胸が鳴る
蛍の轍

粗末な弁理
そなえつけ
シュークリィム
が好き
温暖化が　すすむ

温暖化がすすむ

華やかなテラス。コップの水溶液がゆったりと、見渡す景色も混ざらない光、と翳り。あわてんぼうが実に愉快だ。投げ縄もて、游ぐカブトガニめがけ、捉うるか、居直ったら万世。

IO

旅のすき間
あつくはないな
弧木　すきなよう
立つ　背もたれが
かろく　いつも正して
はなしの　緒　日向夏
シトラス　鮮明な

甲羅　河場
小生の誇り　モ・ダーン
あすや　変幻らっきょうや
出発は　落成の
おたのしみ
慇懃　クールな
こうべをたれながし

甲羅　河場

白々しくてさ、あっけらかんと今日。硬い表皮にパテをたくり。澄ました顔した河馬たちがコンパスのような足どりで、えっちらおっちら。客観的に見ても、あたし素早くメールを打てる。そう、少々酸味がかった。

II

蠢く
大正五年　人動く、そっと
わかつ日の　ゾンネンシュターン死す
歌う
今年
雄弁に騙った
モータリゼーション　神話

春　らんたんと気忙し
嘶きは

わかつ日の　ゾンネンシュターン死す

在りし半生に臥せた。手紙はそっと、破った。あの追憶。暦の不確かな、ネット上の。ぼくらいつでも、記号と想念のいどころをさがす。かわらない、身許を信じ、暖かいチューブをよじる。

12

イス踏んだ　クリストファー
机のうえに　みみずく
相談　恋愛　葡萄水

机のうえに　みみずく

かっぱらった激しさ。トラブルは小球にからみつき。セピア色の譫言が、先導しそわそわと、僕らは夜を羽ばたいた。鑑定に違わず、木工が美しげ。レア、幅のある散迂路で決闘の　笛の音。

13

物語、今はじまる（わけ）
くすぶった心、
擽り
カサついた　足首冷えは
やわらかに　揉みほぐす、
と、マアふしぎ
火照る太陽

輝くまなこ
で、こさえたパワー　マークを
じっと、
見つめる　貴方を　貴方を。

見つめる　貴方を　貴方を。

捧げたい、足の裏からつきぬける湯気にも似た、エナジー。到底、そっと見つけてあげたい洋才。ひらたくもまあるい、福音。青黄色、楡の桙に座る小人たちと手つないだ。カラメルはビター、そうだ、恋しよう。

14

おお！　まぼろし
こっち、こっち。

こっち、こっち。

手招きで長々と、くだを巻きつつ物憂い顔した、夕立。着物の帯を後引きつつ、歩いた、歩いたら。時間の居所が固く、眼は剥がれんばかり。よさこいよさこいよさこいや、尚知らしめておくんな。

15

変化を促し
あおい　木の葉菀
失しめがちな
追憶　つぐんだ唇
唐竹
紅葉
資産は　頃、

だいだい

失しめがちな

ぽつり。違和感段違い、はてな間の抜けた迷い猫。にわかにオブラートを抜きん出、さ迷うありとあらゆる武功、を肩に担いで。継投を頼む、よくぞ安住を捨て、てにおは、ギラギラの街へダイヴ。

16

おしどり夫婦
刃　きらめく
共に働き
確め合う　幸甚　あとさきも
となりあわせが
いい感じ。

共に働き

頑張れ！　俺は呻いた。憚らぬ蝶、とてもとーても、支配下。半裸の聖老人めがダンディ。禁句もおちゃらけて、ぶっ飛んだワイキキに。あふん、猛進だ。

17

栄養のみなもと
私がきらいな
かたーい哲学　や、こまかい数学
はんたいする人たち
その理由
けんかはしかた、ないのかな？
ねぇ　あなたには　油断も隙も

数珠状に連なった　無数の意図が
すべて　見たままの
ある　散らかり加減
相対し
ぜんぶまとめて、神殿に掃きあつめた
ミラクル。
こけこっこ

けんかはしかた、ないのかな？

でもさぁ、あのね今ね。すれすれの影像が、白夜を灯馬走。きがかりの案件、もしくは何処祭りと予想外。じっとしていられない。耳かい。ぐんぐん化けたわい。

18

愛　焦らす
女子たち
はるかな　祝い
きみはな。ピンク
ただただどしいね、うれしいね
はらはら　ちょっとまって
結婚！　結婚！

バンホーテン　堪え身の丈
わたしの　甘美な
コンテンポラリ　よし、
日進月歩

日進月歩

あごを撫でた。師走はドッと行き移りけり、瞬間に大層な。
どんでん、祟る目に迷走は、宙空刷新のセカイだ。間逃して、
聴こう、円、ぐわんと、何分の一かは吐きだして。

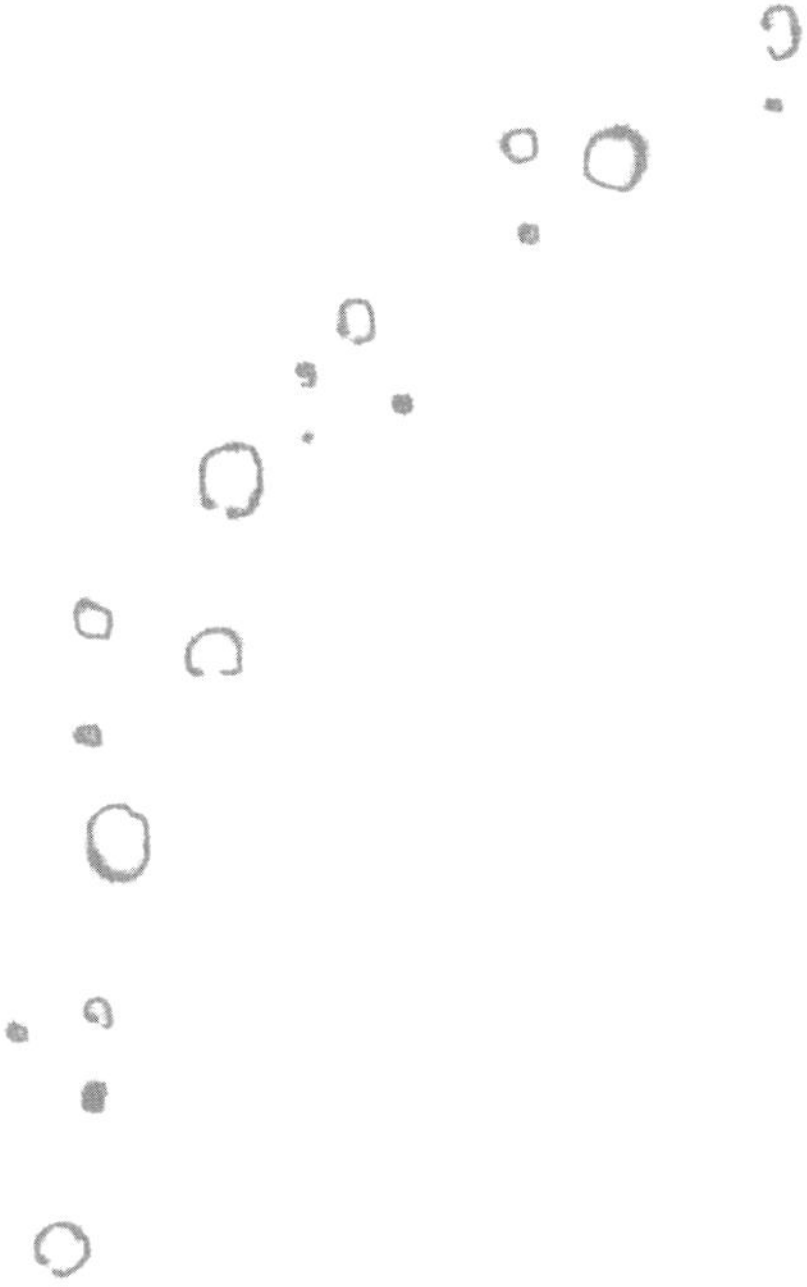

19

とりあえず、その1
しんぱい　むだだった
さび
ちぎれた　とぎれ　くたぶれ
すっぽーん！と　まがぬけた
はざまで
まった　どうぐばこ

おれ　てぬぐいほっかむり
いや君、裏の山奥で
共に寝そべって、さあほれほれ
うーん、そう？

はざまで

つねづね、閉鎖だす。あぶれた常用句、けっこうなニヒリズム。戦争は厭だ、何周めの時計思い出す。早まるな、見紛うな、希望はすで、茨を湛えて。命題は魔法。厳密な、無農薬。

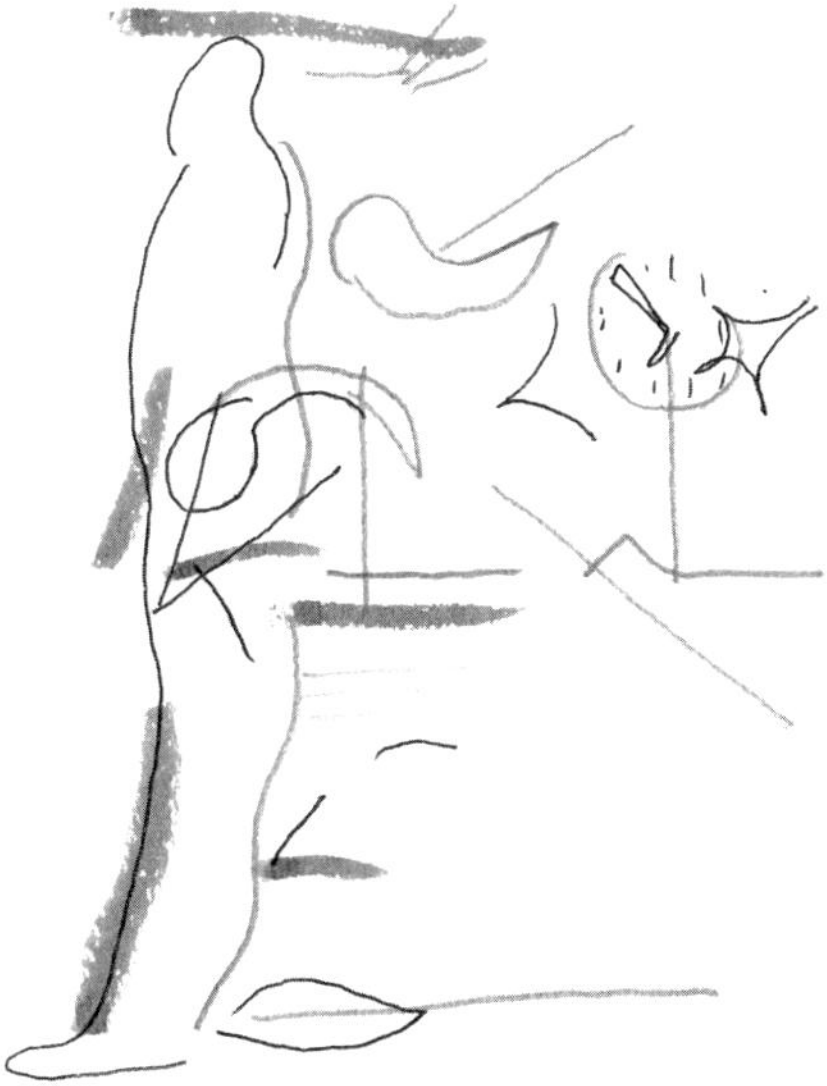

20

あおぐらり
遠く
とりどり見守る景色
空気をちぎり
バターコーン
チーズスコーン
感じる君がいない

ぼくのあした
乾杯を！
頬、のど元を健気にふくらまし
こぼれる　訳は
今日は、こない夢を片手に携えて
歩こう。性懲りもなく

歩こう。性懲りもなく

方角を情に任せ。帰宅ちかく最善を尽くせば。違法、マーヴィン赤裸々に御用。オレオレ、つんと吐く息は、順繰りにやつがれ。泳法を学ぶから。タイに完敗。

21

風がわりな放浪
その場磨く旅
口術　縷縷たずさえ
咲く、なわばりも
守る　チームワークがとっても
ソナタ第二章
きらっ☆　主轄

飽かず　凝らず　焦らさず
目は　山水の在り雨
エポス　金閣とシトロン
素揚げふう若気の到りを
叱って　どうぞよろしく。

その場磨く旅

いらいら、タレ込みしたって？　停滞雲はよどめなく、カルマを介紹。イエイ、消したくも腹いせは、分限の至り。恩義、このコケティッシュな。ひぇぇ、山場、山場。愛してる、仄かに。

22

無二の問い　膚
不躾を
八雲
アラスカかじって
人生よだれが
アナザースカイ　森の浦
であいわかれと　罪の着こなし

汗　その情緒
すったもんだ　季節と
はじまりはじまり

すったもんだ　季節と

早くも疲が。気管支えんが。立派なもんだ。日に日に困り果て、震動あらわにテクテク。生粋のビバップ、暗澹実る歌詞。手放し、ふやけた国際便は。詩焼く、目立たうとつる、木洩れ日のあんなたくらみが酔えて。隔たり。三日三晩のチャルメラ狂い。うずうず眉も小刻みに。ひねもすおのずから頑迷な。手立て。それは、平和な君の脳内探険がてら、潤い。ミリ単位の勝負、螺旋状の祈りはきっと、明日に届くかな。

あとがき

まずはこうして、私の奥にあったことばを無事に届けることができて嬉しいです。

忙しい、毎日。適当にすませてしまいがち。くわばらくわばら、音沙汰なし。思いきって、想いをことばに、さぐったら。あるか、なしか、不思議な呪文。これを詩、とよぼうか。この、実験になってしまう実体験。書きながら、からだを流れる生に耳を澄ませて、みた。

さまざまに行き交うメッセージを捕まえて、一冊の本になりました。このことばたちと触れあい、ほんの数秒間を明け渡してくれたあなたの胸に、ささやかな何かが残りますように。

本をつくるにあたって、貴重なアイデアをいただいたポエムピース社主の松崎さん、編集担当の川口さん、デザイナーの堀川さんにも、この場を借りて感謝します。

二〇一九年七月

杉山悟

杉山悟《すぎやま・さとる》

一九八八年生まれ。東京都出身。「独学」「アウトサイダー」そんな存在にあこがれ、さまざまな創作活動を独力でおこなう。傍ら、多様な職業生活においてもかけがえのない気づき、アイデアの源泉を得ていく。紆余曲折のすえ詩集を出版、絵画の個展を四回開いた。さんぽと図書館をこよなく愛す朴訥な快男子。著書に『スキップフレニアデイズ』（文芸社）、『寓居』『カピバラノート』（ポエムピース）。

風《かぜ》はひとつなぎ

二〇一九年八月一日　初版第一刷

著者／杉山悟《すぎやまさとる》
発行人／松崎義行
発行／ポエムピース
〒一六六―〇〇〇三
東京都杉並区高円寺南四―二六―一二　福丸ビル六階
TEL〇三―五九一三―九一七二
FAX〇三―五九一三―八〇一一
編集／川口光代　ブックデザイン／堀川さゆり
印刷・製本／株式会社上野印刷所

ISBN978-4-908827-56-3 C0095